Hoffnung und Trost

Zitate und Zeichnungen
von Franz Kafka

Karl **Rauch**

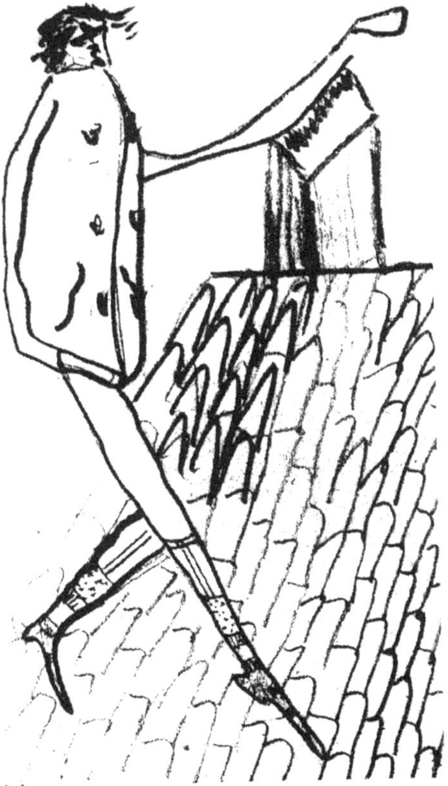

Ist es möglich etwas Untröstliches zu denken? Oder vielmehr etwas Untröstliches ohne den Hauch des Trostes? Ein Ausweg läge darin, dass das Erkennen als solches Trost ist. Man könnte also wohl denken: Du musst Dich beseitigen, und könnte sich doch ohne Fälschung dieser Erkenntnis aufrecht erhalten am Bewusstsein, es erkannt zu haben. Das heißt dann wirklich, an den eigenen Haaren sich aus dem Sumpf gezogen haben.

Nachgelassene Schriften

Für den Verdächtigen ist Bewegung besser als Ruhe, denn der welcher ruht, kann immer, ohne es zu wissen, auf einer Waagschale sein und mit seinen Sünden gewogen werden.

Der Prozess

Das entscheidend Charakteristische dieser Welt ist ihre Vergänglichkeit. In diesem Sinn haben Jahrhunderte nichts vor dem augenblicklichen Augenblick voraus. Die Kontinuität der Vergänglichkeit kann also keinen Trost geben; dass neues Leben aus den Ruinen blüht beweist weniger die Ausdauer des Lebens als des Todes. Will ich nun diese Welt bekämpfen, muss ich sie in ihrem entscheidend Charakteristischen bekämpfen, also in ihrer Vergänglichkeit.

Nachgelassene Schriften

Die Ursache dessen, dass das Urteil der Nachwelt über den Einzelnen richtiger ist als das der Zeitgenossen liegt im Toten. Man entfaltet sich in seiner Art erst nach dem Tode, erst wenn man allein ist. Das Totsein ist für den Einzelnen wie der Samstagabend für den Kaminfeger, sie waschen den Ruß vom Leibe. Es wird sichtbar ob die Zeitgenossen ihm oder er den Zeitgenossen mehr geschadet hat, im letzteren Fall war er ein großer Mann.

Tagebücher

Einer staunte darüber, wie leicht er den Weg der Ewigkeit ging; er raste ihn nämlich abwärts.

Nachgelassene Schriften

Der wahre Weg geht über ein Seil, das nicht in der Höhe gespannt ist, sondern knapp über dem Boden. Es scheint mehr bestimmt stolpern zu machen, als begangen zu werden.

Nachgelassene Schriften

Ein erstes Zeichen beginnender Erkenntnis ist der Wunsch zu sterben. Dieses Leben scheint unerträglich, ein anderes unerreichbar. Man schämt sich nicht mehr, sterben zu wollen; man bittet, aus der alten Zelle, die man hasst, in eine neue gebracht zu werden, die man erst hassen lernen wird. Ein Rest von Glauben wirkt dabei mit, während des Transportes werde zufällig der Herr durch den Gang kommen, den Gefangenen ansehn und sagen: »Diesen sollt ihr nicht wieder einsperren. Er kommt zu mir.«

Nachgelassene Schriften

Es ist keine Widerlegung der Vorahnung einer endgültigen Befreiung, wenn am nächsten Tag die Gefangenschaft noch unverändert bleibt oder gar sich verschärft oder selbst wenn ausdrücklich erklärt wird, dass sie niemals aufhören soll. Alles das kann vielmehr notwendige Voraussetzung der endgültigen Befreiung sein.

Tagebücher

Von außen gesehn ist es schrecklich, erwachsen, aber jung zu sterben oder gar sich zu töten. In gänzlicher Verwirrung, die innerhalb einer weiteren Entwicklung Sinn hätte, abzugehn, hoffnungslos oder mit der einzigen Hoffnung, dass dieses Auftreten im Leben innerhalb der großen Rechnung als nicht geschehen betrachtet werden wird.

Tagebücher

Das gesellschaftliche Leben geht im Kreis vor sich. Nur die mit einem bestimmten Leiden Behafteten verstehn einander. Sie bilden kraft der Natur ihres Leidens einen Kreis und unterstützen sich. Sie gleiten an den innern Rändern ihres Kreises entlang, lassen einander den Vorrang oder schieben im Gedränge einer sanft den andern. Jeder spricht dem andern zu in der Hoffnung einer Rückwirkung auf sich oder, dann geschieht es leidenschaftlich, im unmittelbaren Genuss dieser Rückwirkung. Jeder hat nur die Erfahrung, die ihm sein Leiden gestattet, trotzdem hört man unter solchen Genossen den Austausch ungeheuerlich verschiedenartiger Erfahrungen. »Du bist so«, sagt einer zum andern, »statt zu klagen, danke Gott dafür, dass Du so bist, denn wärest Du nicht so, dann wärest Du in diesem oder jenem Unglück, in dieser oder jener Schande.«

Woher weiß das nun dieser Mann? Er gehört doch, das verrät dieser Ausspruch, zu dem gleichen Kreis wie der Angesprochene, seine Trostbedürftigkeit ist gleicher Art. Im gleichen Kreis weiß man aber immer das Gleiche. Es gibt nicht den Hauch eines Gedankens, den der Tröstende vor dem Getrösteten voraus hätte. Ihre Gespräche sind daher nur Vereinigungen der Einbildungskraft, Übergüsse der Wünsche von einem auf den andern. Einmal sieht der eine zu Boden, und der andere einem Vogel nach, in solchen Unterschieden spielt sich ihr Verkehr ab. Einmal einigen sie sich im Glauben und sehen beide Kopf an Kopf in unendlichen Richtungen der Höhe. Erkenntnis ihrer Lage zeigt sich aber nur dann, wenn sie gemeinsam die Köpfe senken und der gemeinsame Hammer auf sie niedergeht.

Tagebücher

Von einem gewissen Punkt an gibt es keine Rückkehr mehr. Dieser Punkt ist zu erreichen.

Nachgelassene Schriften

Ein Vorteil des Tagebuchführens besteht darin, dass man sich mit beruhigender Klarheit der Wandlungen bewusst wird, denen man unaufhörlich unterliegt, die man auch im allgemeinen natürlich glaubt, ahnt und zugesteht, die man aber unbewusst immer dann leugnet, wenn es darauf ankommt, sich aus einem solchen Zugeständnis Hoffnung oder Ruhe zu holen. Im Tagebuch findet man Beweise dafür, dass man selbst in Zuständen, die heute unerträglich scheinen, gelebt, herumgeschaut und Beobachtungen aufgeschrieben hat, dass also diese Rechte sich bewegt hat wie heute, wo wir zwar durch die Möglichkeit des Überblickes über den damaligen Zustand klüger sind, darum aber desto mehr die Unerschrockenheit unseres damaligen in lauter Unwissenheit sich dennoch erhaltenden Strebens anerkennen müssen.

Tagebücher

Es gibt zwei menschliche Hauptsünden, aus welchen sich alle andern ableiten: Ungeduld und Lässigkeit. Wegen der Ungeduld sind sie aus dem Paradiese vertrieben worden, wegen der Lässigkeit kehren sie nicht zurück. Vielleicht aber gibt es nur eine Hauptsünde: die Ungeduld. Wegen der Ungeduld sind sie vertrieben worden, wegen der Ungeduld kehren sie nicht zurück.

Nachgelassene Schriften

Der entscheidende Augenblick der menschlichen Entwicklung ist immerwährend. Darum sind die revolutionären geistigen Bewegungen, welche alles Frühere für nichtig erklären, im Recht, denn es ist noch nichts geschehn.

Nachgelassene Schriften

Es ist nicht notwendig, dass du aus dem Haus gehst. Bleib bei deinem Tisch und horche. Horche nicht einmal, warte nur. Warte nicht einmal, sei völlig still und allein. Anbieten wird sich dir die Welt zur Entlarvung, sie kann nicht anders, verzückt wird sie sich vor dir winden.

Nachgelassene Schriften

Gingest du über eine Ebene, hättest den guten Willen zu gehn und machtest doch Rückschritte, dann wäre es eine verzweifelte Sache; da du aber einen steilen Abhang hinaufkletterst, so steil etwa, wie du selbst von unten gesehen bist, können die Rückschritte auch nur durch die Bodenbeschaffenheit verursacht sein, und du musst nicht verzweifeln.

Nachgelassene Schriften

In diesem Ort war ich noch niemals: Anders geht der Atem, blendender als die Sonne strahlt neben ihr ein Stern.

Nachgelassene Schriften

Ansichten aus meinem

Leben

Lass dich vom Bösen nicht glauben machen, du könntest vor ihm Geheimnisse haben.

Nachgelassene Schriften

So fest wie die Hand den Stein hält. Sie hält ihn aber fest, nur um ihn desto weiter zu verwerfen. Aber auch in jene Weite führt der Weg.

Nachgelassene Schriften

Du bist die Aufgabe. Kein Schüler weit und breit.

Nachgelassene Schriften

Vom wahren Gegner fährt grenzenloser Mut in dich.

Nachgelassene Schriften

Das Glück begreifen, dass der Boden, auf dem du stehst, nicht größer sein kann, als die zwei Füße ihn bedecken.

Nachgelassene Schriften

Verstecke sind unzählige, Rettung nur eine, aber Möglichkeiten der Rettung wieder so viele wie Verstecke.

Nachgelassene Schriften

Das Negative zu tun, ist uns noch auferlegt, das Positive ist uns schon gegeben.

Nachgelassene Schriften

Wie ein Weg im Herbst: Kaum ist er rein gekehrt, bedeckt er sich wieder mit den trockenen Blättern.

Nachgelassene Schriften

Wenn man einmal das Böse bei sich aufgenommen hat, verlangt es nicht mehr, dass man ihm glaube.

Nachgelassene Schriften

Das Gute ist in gewissem Sinne trostlos.

Nachgelassene Schriften

Die Krähen behaupten, eine einzige Krähe könnte den Himmel zerstören. Das ist zweifellos, beweist aber nichts gegen den Himmel, denn Himmel bedeutet eben: Unmöglichkeit von Krähen.

Nachgelassene Schriften

Die Märtyrer unterschätzen den Leib nicht, sie lassen ihn auf dem Kreuz erhöhen. Darin sind sie mit ihren Gegnern einig.

Nachgelassene Schriften

Sein Ermatten ist das des Gladiators nach dem Kampf, seine Arbeit war das Weißtünchen eines Winkels in einer Beamtenstube.

Nachgelassene Schriften

Dann aber kehrte er zu seiner Arbeit zurück, so wie wenn nichts geschehen wäre.« Das ist eine Bemerkung, die uns aus einer unklaren Fülle alter Erzählungen geläufig ist, obwohl sie vielleicht in keiner vorkommt.

Nachgelassene Schriften

Es gibt kein Haben, nur ein Sein, nur ein nach letztem Atem, nach Ersticken verlangendes Sein.

Nachgelassene Schriften

Er fühlt sich auf dieser Erde gefangen, ihm ist eng, die Trauer, die Schwäche, die Krankheiten, die Wahnvorstellungen der Gefangenen brechen bei ihm aus, kein Trost kann ihn trösten, weil es eben nur Trost ist, zarter kopfschmerzender Trost gegenüber der groben Tatsache des Gefangenseins. Fragt man ihn aber, was er eigentlich haben will, kann er nicht antworten denn er hat – das ist einer seiner stärksten Beweise – keine Vorstellung von Freiheit.

Tagebücher

Früher begriff ich nicht, warum ich auf meine Frage keine Antwort bekam, heute begreife ich nicht, wie ich glauben konnte, fragen zu können. Aber ich glaubte ja gar nicht, ich fragte nur.

Nachgelassene Schriften

Seine Antwort auf die Behauptung, er besitze vielleicht, sei aber nicht, war nur Zittern und Herzklopfen.

Nachgelassene Schriften

Dem Bösen kann man nicht in Raten zahlen – und versucht es unaufhörlich.

Nachgelassene Schriften

Nur unser Zeitbegriff lässt uns das Jüngste Gericht so nennen, eigentlich ist es ein Standrecht.

Nachgelassene Schriften

Der Weg ist unendlich, da ist nichts abzuziehn, nichts zuzugeben und doch hält jeder noch seine eigene kindliche Elle daran. »Gewiss, auch diese Elle Wegs musst du noch gehn, es wird dir nicht vergessen werden.«

Nachgelassene Schriften

Das Missverhältnis der Welt scheint tröstlicherweise nur ein zahlenmäßiges zu sein.

Nachgelassene Schriften

Richtiges Auffassen einer Sache und Missverstehen der gleichen Sache schließen einander nicht vollständig aus.

Der Prozess

Je mehr Pferde du anspannst, desto rascher gehts – nämlich nicht das Ausreißen des Blocks aus dem Fundament, was unmöglich ist, aber das Zerreißen der Riemen und damit die leere fröhliche Fahrt.

Nachgelassene Schriften

Es wurde ihnen die Wahl gestellt, Könige oder der Könige Kuriere zu werden. Nach Art der Kinder wollten alle Kuriere sein. Deshalb gibt es lauter Kuriere, sie jagen durch die Welt und rufen, da es keine Könige gibt, einander selbst die sinnlos gewordenen Meldungen zu. Gerne würden sie ihrem elenden Leben ein Ende machen, aber sie wagen es nicht wegen des Diensteides.

Nachgelassene Schriften

Der Mensch kann nicht leben ohne ein dauerndes Vertrauen zu etwas Unzerstörbarem in sich, wobei sowohl das Unzerstörbare als auch das Vertrauen ihm dauernd verborgen bleiben können. Eine der Ausdrucksmöglichkeiten dieses Verborgen-Bleibens ist der Glaube an einen persönlichen Gott.

Nachgelassene Schriften

Es gibt Fragen, über die wir nicht hinwegkommen könnten, wenn wir nicht von Natur aus von ihnen befreit wären.

Nachgelassene Schriften

Man darf niemanden betrügen, auch nicht die Welt um ihren Sieg.

Nachgelassene Schriften

Es gibt nichts anderes als eine geistige Welt; was wir sinnliche Welt nennen, ist das Böse in der geistigen, und was wir böse nennen, ist nur eine Notwendigkeit eines Augenblicks unserer ewigen Entwicklung.

Nachgelassene Schriften

Mit stärkstem Licht kann man die Welt auflösen. Vor schwachen Augen wird sie fest, vor noch schwächeren bekommt sie Fäuste, vor noch schwächeren wird sie schamhaft und zerschmettert den, der sie anzuschauen wagt.

Nachgelassene Schriften

Die Leibeskräfte reichen nur bis zu einer gewissen Grenze, wer kann dafür, dass gerade diese Grenze auch sonst bedeutungsvoll ist. Nein, dafür kann niemand. So korrigiert sich selbst die Welt in ihrem Lauf und behält das Gleichgewicht. Das ist ja eine vorzügliche, immer wieder unvorstellbar vorzügliche Einrichtung, wenn auch in anderer Hinsicht trostlos.

Das Schloss

Alles ist Betrug: das Mindestmaß der Täuschungen suchen, im üblichen bleiben, das Höchstmaß suchen. Im ersten Fall betrügt man das Gute, indem man sich dessen Erwerbung zu leicht machen will, das Böse, indem man ihm allzu ungünstige Kampfbedingungen setzt. Im zweiten Fall betrügt man das Gute, indem man also nicht einmal im Irdischen nach ihm strebt. Im dritten Fall betrügt man das Gute, indem man sich möglichst weit von ihm entfernt, das Böse, indem man hofft, durch seine Höchststeigerung es machtlos zu machen. Vorzuziehn wäre also hiernach der zweite Fall, denn das Gute betrügt man immer, das Böse in diesem Fall, wenigstens dem Anschein nach, nicht.

Nachgelassene Schriften

Im Kampf zwischen dir und der Welt sekundiere der Welt.

Nachgelassene Schriften

Die Sprache kann für alles außerhalb der sinnlichen Welt nur andeutungsweise, aber niemals auch nur annähernd vergleichsweise gebraucht werden, da sie entsprechend der sinnlichen Welt nur vom Besitz und seinen Beziehungen handelt.

Nachgelassene Schriften

Verkehr mit Menschen verführt zur Selbstbeobachtung.

Nachgelassene Schriften

Eine durch Schritte nicht tief ausgehöhlte Treppenstufe ist, von sich selber aus gesehn, nur etwas öde zusammengefügtes Hölzernes.

Nachgelassene Schriften

Wer innerhalb der Welt seinen Nächsten liebt, tut nicht mehr und nicht weniger Unrecht, als wer innerhalb der Welt sich selbst liebt. Es bliebe nur die Frage, ob das erstere möglich ist.

Nachgelassene Schriften

Die Tatsache, dass es nichts anderes gibt als eine geistige Welt, nimmt uns die Hoffnung und gibt uns die Gewissheit.

Nachgelassene Schriften

Dem Unwissenden scheint alles möglich.

Das Schloss

Wahrheit ist unteilbar, kann sich also selbst nicht erkennen; wer sie erkennen will, muss Lüge sein.

Nachgelassene Schriften

Die Vertreibung aus dem Paradies ist in ihrem Hauptteil ewig: Es ist also zwar die Vertreibung aus dem Paradies endgültig, das Leben in der Welt unausweichlich, die Ewigkeit des Vorgangs aber macht es trotzdem möglich, dass wir nicht nur dauernd im Paradiese bleiben könnten, sondern tatsächlich dort dauernd sind, gleichgültig ob wir es hier wissen oder nicht.

Nachgelassene Schriften

Er ist ein freier und gesicherter Bürger der Erde, denn er ist an eine Kette gelegt, die lang genug ist, um ihm alle irdischen Räume frei zu geben, und doch nur so lang, dass nichts ihn über die Grenzen der Erde reißen kann. Gleichzeitig aber ist er auch ein freier und gesicherter Bürger des Himmels, denn er ist auch an eine ähnlich berechnete Himmelskette gelegt. Will er nun auf die Erde, drosselt ihn das Halsband des Himmels, will er in den Himmel, jenes der Erde. Und trotzdem hat er alle Möglichkeiten und fühlt es, ja er weigert sich sogar, das Ganze auf einen Fehler bei der ersten Fesselung zurückzuführen.

Nachgelassene Schriften

Er läuft den Tatsachen nach wie ein Anfänger im Schlittschuhlaufen, der überdies irgendwo übt, wo es verboten ist.

Nachgelassene Schriften

Was ist fröhlicher als der Glaube an einen Hausgott!

Nachgelassene Schriften

Theoretisch gibt es eine vollkommene Glücksmöglichkeit: An das Unzerstörbare in sich glauben und nicht zu ihm streben.

Nachgelassene Schriften

Das Unzerstörbare ist eines; jeder einzelne Mensch ist es und gleichzeitig ist es allen gemeinsam, daher die beispiellos untrennbare Verbindung der Menschen.

Nachgelassene Schriften

Wenn das, was im Paradies zerstört worden sein soll, zerstörbar war, dann war es nicht entscheidend; war es aber unzerstörbar, dann leben wir in einem falschen Glauben.

Nachgelassene Schriften

Prüfe dich an der Menschheit. Den Zweifelnden macht sie zweifeln, den Glaubenden glauben.

Nachgelassene Schriften

Dieses Gefühl: »hier ankere ich nicht« und gleich die wogende tragende Flut um sich fühlen.

Nachgelassene Schriften

Ein Umschwung. Lauernd, ängstlich, hoffend umschleicht die Antwort die Frage, sucht verzweifelt in ihrem unzugänglichen Gesicht, folgt ihr auf den sinnlosesten, das heißt von der Antwort möglichst wegstrebenden Wegen.

Nachgelassene Schriften

Der Geist wird erst frei, wenn er aufhört, Halt zu sein.

Nachgelassene Schriften

Die sinnliche Liebe täuscht über die himmlische hinweg; allein könnte sie es nicht, aber da sie das Element der himmlischen Liebe unbewusst in sich hat, kann sie es.

Nachgelassene Schriften

Das Böse ist eine Ausstrahlung des menschlichen Bewusstseins in bestimmten Übergangsstellungen. Nicht eigentlich die sinnliche Welt ist Schein, sondern ihr Böses, das allerdings für unsere Augen die sinnliche Welt bildet.

Nachgelassene Schriften

Warum klagen wir wegen des Sündenfalles? Nicht seinetwegen sind wir aus dem Paradiese vertrieben worden, sondern wegen des Baumes des Lebens, damit wir nicht von ihm essen.

Nachgelassene Schriften

Wir sind nicht nur deshalb sündig, weil wir vom Baum der Erkenntnis gegessen haben, sondern auch deshalb, weil wir vom Baum des Lebens noch nicht gegessen haben. Sündig ist der Stand, in dem wir uns befinden, unabhängig von Schuld.

Nachgelassene Schriften

Wir wurden geschaffen, um im Paradies zu leben, das Paradies war bestimmt, uns zu dienen. Unsere Bestimmung ist geändert worden; dass dies auch mit der Bestimmung des Paradieses geschehen wäre, wird nicht gesagt.

Nachgelassene Schriften

Niemand kann verlangen, was ihm im letzten Grunde schadet. Hat es beim einzelnen Menschen doch diesen Anschein – und den hat es vielleicht immer – so erklärt sich dies dadurch, dass jemand im Menschen etwas verlangt, was diesem Jemand zwar nützt, aber einem zweiten Jemand, der halb zur Beurteilung des Falles herangezogen wird, schwer schadet. Hätte sich der Mensch gleich anfangs, nicht erst bei der Beurteilung auf Seite des zweiten Jemand gestellt, wäre der erste Jemand erloschen und mit ihm das Verlangen.

Nachgelassene Schriften

Seit dem Sündenfall sind wir in der Fähigkeit zur Erkenntnis des Guten und Bösen im Wesentlichen gleich; trotzdem suchen wir gerade hier unsere besonderen Vorzüge. Aber erst jenseits dieser Erkenntnis beginnen die wahren Verschiedenheiten. Der gegenteilige Schein wird durch Folgendes hervorgerufen: Niemand kann sich mit der Erkenntnis allein begnügen, sondern muss sich bestreben, ihr gemäß zu handeln. Dazu aber ist ihm die Kraft nicht mitgegeben, er muss daher sich zerstören, selbst auf die Gefahr hin, sogar dadurch die notwendige Kraft nicht zu erhalten, aber es bleibt ihm nichts anderes übrig, als dieser letzte Versuch. (Das ist auch der Sinn der Todesdrohung beim Verbot des Essens vom Baume der Erkenntnis; vielleicht ist das auch der ursprüngliche Sinn des natürlichen Todes.) Vor diesem Versuch nun fürchtet er sich; lieber will er die Erkenntnis des Guten und Bösen rückgängig machen (die Bezeichnung »Sündenfall« geht auf diese Angst zurück); aber das Geschehene kann nicht rückgängig gemacht, sondern nur getrübt werden. Zu diesem Zweck entstehen die Motivationen. Die ganze Welt ist ihrer voll, ja die ganze sichtbare Welt ist vielleicht nichts anderes als eine Motivation des einen Augenblick lang ruhenwollenden Menschen. Ein Versuch, die Tatsache der Erkenntnis zu fälschen, die Erkenntnis erst zum Ziel zu machen.

Nachgelassene Schriften

Die erste Götzenanbetung war gewiss Angst vor den Dingen, aber damit zusammenhängend Angst vor der Notwendigkeit der Dinge und damit zusammenhängend Angst vor der Verantwortung für die Dinge. So ungeheuer erschien diese Verantwortung, dass man sie nicht einmal einem einzigen Außermenschlichen aufzuerlegen wagte, denn auch durch Vermittlung bloß eines Wesens wäre die menschliche Verantwortung noch nicht genug erleichtert worden, der Verkehr mit nur einem Wesen wäre noch allzusehr von Verantwortung befleckt gewesen, deshalb gab man jedem Ding die Verantwortung für sich selbst, mehr noch, man gab diesen Dingen auch noch eine verhältnismäßige Verantwortung für den Menschen.

Nachgelassene Schriften

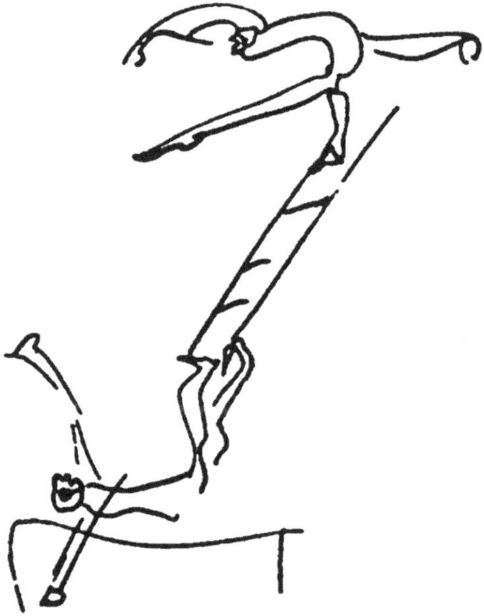

Zwei Möglichkeiten: sich unendlich klein machen oder es sein. Das erste ist Vollendung, also Untätigkeit, das zweite Beginn, also Tat.

Nachgelassene Schriften

Aberglaube und Grundsatz und Ermöglichung des Lebens: Durch den Himmel der Laster, wird die Hölle der Tugend erworben. Aberglaube ist einfach.

Tagebücher

Zwei Aufgaben des Lebensanfangs: Deinen Kreis immer mehr einschränken und immer wieder nachprüfen, ob du dich nicht irgendwo außerhalb deines Kreises versteckt hältst.

Nachgelassene Schriften

Das Böse ist manchmal in der Hand wie ein Werkzeug, erkannt oder unerkannt lässt es sich, wenn man den Willen hat, ohne Widerspruch zur Seite legen.

Nachgelassene Schriften

Es ist sehr gut denkbar, dass die Herrlichkeit des Lebens um jeden und immer in ihrer ganzen Fülle bereit liegt, aber verhängt, in der Tiefe, unsichtbar, sehr weit. Aber sie liegt dort, nicht feindselig, nicht widerwillig, nicht taub. Ruft man sie mit dem richtigen Wort, beim richtigen Namen, dann kommt sie. Das ist das Wesen der Zauberei, die nicht schafft, sondern ruft.

Tagebücher

Die Freuden dieses Lebens sind nicht die seinen, sondern unsere Angst vor dem Aufsteigen in ein höheres Leben; die Qualen dieses Lebens sind nicht die seinen, sondern unsere Selbstqual wegen jener Angst.

Nachgelassene Schriften

Nur hier ist Leiden – Leiden. Nicht so, als ob die, welche hier leiden, anderswo wegen dieses Leidens erhöht werden sollen, sondern so, dass das, was in dieser Welt Leiden heißt, in einer andern Welt, unverändert und nur befreit von seinem Gegensatz, Seligkeit ist.

Nachgelassene Schriften

Die Vorstellung von der unendlichen Weite und Fülle des Kosmos ist das Ergebnis der zum Äußersten getriebenen Mischung von mühevoller Schöpfung und freier Selbstbesinnung.

Nachgelassene Schriften

Wie viel bedrückender als die unerbittlichste Überzeugung von unserem gegenwärtigen sündhaften Stand ist selbst die schwächste Überzeugung von der einstigen ewigen Rechtfertigung unserer Zeitlichkeit. Nur die Kraft im Ertragen dieser zweiten Überzeugung, welche in ihrer Reinheit die erste voll umfasst, ist das Maß des Glaubens.

Nachgelassene Schriften

Manche nehmen an, dass neben dem großen Urbetrug noch in jedem Fall eigens für sie ein kleiner besonderer Betrug veranstaltet wird, dass also wenn ein Liebesspiel auf der Bühne aufgeführt wird, die Schauspielerin außer dem verlogenen Lächeln für ihren Geliebten auch noch ein besonders hinterhältiges Lächeln für den ganz bestimmten Zuschauer auf der letzten Galerie hat. Das heißt zu weit gehn.

Nachgelassene Schriften

Alle Leiden um uns müssen auch wir leiden. Wir alle haben nicht einen Leib, aber ein Wachstum, und das führt uns durch alle Schmerzen, ob in dieser oder jener Form. So wie das Kind durch alle Lebensstadien bis zum Greis und zum Tod sich entwickelt (und jenes Stadium im Grunde dem früheren, im Verlangen oder in Furcht, unerreichbar scheint) ebenso entwickeln wir uns (nicht weniger tief mit der Menschheit verbunden als mit uns selbst) durch alle Leiden dieser Welt. Für Gerechtigkeit ist in diesem Zusammenhang kein Platz, aber auch nicht für Furcht vor den Leiden oder für die Auslegung des Leidens als eines Verdienstes.

Nachgelassene Schriften

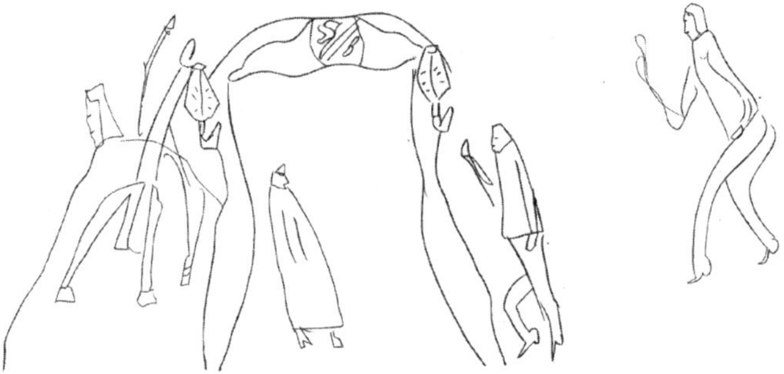

Es kann ein Wissen vom Teuflischen geben, aber keinen Glauben daran, denn mehr Teuflisches, als da ist, gibt es nicht.

Nachgelassene Schriften

Die Sünde kommt immer offen und ist mit den Sinnen gleich zu fassen. Sie geht auf ihren Wurzeln und muss nicht ausgerissen werden.

Nachgelassene Schriften

Man muss nicht in die Hände spucken, ehe man sie faltet.

Nachgelassene Schriften

Die Hintergedanken, mit denen du das Böse in dir aufnimmst, sind nicht die deinen, sondern die des Bösen.

Nachgelassene Schriften

Der Tod ist vor uns, etwa wie im Schulzimmer an der Wand ein Bild der Alexanderschlacht. Es kommt darauf an, durch unsere Taten noch in diesem Leben das Bild zu verdunkeln oder gar auszulöschen.

Nachgelassene Schriften

Manche leugnen den Jammer durch Hinweis auf die Sonne, er leugnet die Sonne durch Hinweis auf den Jammer.

Tagebücher

Du kannst dich zurückhalten von den Leiden der Welt, das ist dir freigestellt und entspricht deiner Natur, aber vielleicht ist gerade dieses Zurückhalten das einzige Leid, das du vermeiden könntest.

Nachgelassene Schriften

Der Mensch hat freien Willen und zwar dreierlei:

Erstens war er frei, als er dieses Leben wollte; jetzt kann er es allerdings nicht mehr rückgängig machen, denn er ist nicht mehr jener, der es damals wollte, es wäre denn insoweit, als er seinen damaligen Willen ausführt, indem er lebt.

Zweitens ist er frei, indem er die Gangart und den Weg dieses Lebens wählen kann.

Drittens ist er frei, indem er als derjenige, der er einmal wieder sein wird, den Willen hat, sich unter jeder Bedingung durch das Leben gehn und auf diese Weise zu sich kommen zu lassen und zwar auf einem zwar wählbaren, aber jedenfalls derartig labyrinthischen Weg, dass er kein Fleckchen dieses Lebens unberührt lässt.

Das ist das Dreierlei des freien Willens, es ist aber auch, da es gleichzeitig ist, ein Einerlei und ist im Grunde so sehr Einerlei, dass es keinen Platz hat für einen Willen, weder für einen freien noch unfreien.

Nachgelassene Schriften

Die Demut gibt jedem, auch dem einsam Verzweifelnden, das stärkste Verhältnis zum Mitmenschen, und zwar sofort, allerdings nur bei völliger und dauernder Demut. Sie kann das deshalb, weil sie die wahre Gebetsprache ist, gleichzeitig Anbetung und festeste Verbindung. Das Verhältnis zum Mitmenschen ist das Verhältnis des Gebetes, das Verhältnis zu sich das Verhältnis des Strebens; aus dem Gebet wird die Kraft für das Streben geholt.

Nachgelassene Schriften

Menschliche Vereinigungen beruhn darauf, dass einer durch sein starkes Dasein andere an sich unwiderlegbare Einzelne widerlegt zu haben scheint, das ist für diese Einzelnen süß und trostreich, aber es fehlt an Wahrheit und daher immer an Dauer.

Tagebücher

Es gibt ein Ziel, aber keinen Weg; was wir Weg nennen, ist Zögern.

Nachgelassene Schriften

Wie kann man sich über die Welt freuen, außer wenn man zu ihr flüchtet?

Nachgelassene Schriften

Ewige Jugend ist unmöglich; selbst wenn kein anderes Hindernis wäre, die Selbstbeobachtung machte sie unmöglich.

Tagebücher

Er will keinen Trost, aber nicht deshalb weil er ihn nicht will – wer wollte ihn nicht – sondern weil Trost suchen heißt: dieser Arbeit sein Leben widmen, am Rande seiner Existenz, fast außerhalb ihrer immer zu leben, kaum mehr zu wissen, für wen man Trost sucht und daher nicht einmal imstande zu sein, wirksamen Trost zu finden (wirksamen, nicht etwa wahren, den es nicht gibt).

Tagebücher

Alle menschlichen Fehler sind Ungeduld, ein vorzeitiges Abbrechen des Methodischen, ein scheinbares Einpfählen der scheinbaren Sache.

Nachgelassene Schriften

Nach Selbstbeherrschung strebe ich nicht. Selbstbeherrschung heißt: an einer zufälligen Stelle der unendlichen Ausstrahlungen meiner geistigen Existenz wirken wollen. Muss ich aber solche Kreise um mich ziehn, dann tue ich es besser untätig im bloßen Anstaunen des ungeheuerlichen Komplexes und nehme nur die Stärkung, die e contrario dieser Anblick gibt, mit nach Hause.

Nachgelassene Schriften

Wenn es möglich gewesen wäre, den Turm von Babel zu erbauen, ohne ihn zu erklettern, es wäre erlaubt worden.

Nachgelassene Schriften

Die Mannigfaltigkeiten, die sich mannigfaltig drehen in den Mannigfaltigkeiten des einen Augenblicks, in dem wir leben. Und noch immer ist der Augenblick nicht zuende, sieh nur!

Nachgelassene Schriften

Zur Vermeidung eines Wort-Irrtums: Was tätig zerstört werden soll, muss vorher ganz fest gehalten worden sein; was zerbröckelt, zerbröckelt, kann aber nicht zerstört werden.

Nachgelassene Schriften

An Fortschritt glauben heißt nicht glauben, dass ein Fortschritt schon geschehen ist. Das wäre kein Glauben.

Nachgelassene Schriften

Es bedurfte der Vermittlung der Schlange: das Böse kann den Menschen verführen, aber nicht Mensch werden.

Nachgelassene Schriften

Wer der Welt entsagt, muss alle Menschen lieben, denn er entsagt auch ihrer Welt. Er beginnt daher das wahre menschliche Wesen zu ahnen, das nicht anders als geliebt werden kann, vorausgesetzt dass man ihm ebenbürtig ist.

Nachgelassene Schriften

Zu Lebzeiten war Franz Kafka als Meister der Kurzprosa bekannt, wobei die unausgesprochene Tragik darin lag, dass es sich bei vielen dieser gerühmten Texte um Ausschnitte aus größeren Novellen oder Romanen handelte, die zu vollenden ihm trotz aller Mühen nicht gelang. Das solchermaßen zweischneidige Lob hielt ihn zum Glück nicht davon ab, sich zeitweilig ganz der Kurzprosa zu verschreiben.

Als Zeichner versuchte sich Kafka besonders in seinen Studentenjahren. Seiner späteren Verlobten Felice Bauer schrieb er am 11./12. Februar 1913: »Du, ich war einmal ein großer Zeichner, nur habe ich dann bei einer schlechten Malerin schulmäßiges Zeichnen zu lernen angefangen und mein ganzes Talent verdorben. Denk nur! Aber warte, ich werde Dir nächstens paar alte Zeichnungen schicken, damit Du etwas zum Lachen hast.«

Die Zeichnungen stammen aus Kafkas Briefen an seine Schwester Ottla sowie aus Quart- und Oktavheften, die er für seine Niederschriften benutzte.

Quelle: Archiv der Kritischen Kafka-Ausgabe.

Die hier verwendete Schriftart Kafka wurde 2010 nach der Handschrift Franz Kafkas von der Grafikerin Julia Bausenhardt gestaltet.

Franz Kafka, 1883 in Prag geboren, 1924 in Kierling (bei Klosterneuburg / Niederösterreich) gestorben, war bei seinem frühen Tod nur Autorenkollegen und literarisch Interessierten ein Begriff. Mit den von seinem Freund Max Brod aus dem Nachlass herausgegebenen Werken, vor allem den Romanen *Der Prozess* und *Das Schloss*, setzte sein Weltruhm ein.

Die Zitate gehen auf folgende Textbände der Kritischen Kafka-Ausgabe des S. Fischer Verlags zurück:

Nachgelassene Schriften und Fragmente I
Hrsg. von Malcolm Pasley. Frankfurt am Main 1993

Nachgelassene Schriften und Fragmente II
Hrsg. von Jost Schillemeit. Frankfurt am Main 1992

Der Proceß
Hrsg. von Malcolm Pasley. Frankfurt am Main 1990

Das Schloß
Hrsg. von Malcolm Pasley. Frankfurt am Main 1982

Tagebücher
Hrsg. von Hans-Gerd Koch, Michael Müller und Malcolm Pasley. Frankfurt am Main 1990